KATHARINA KRONBERGER

Herzgeflüster

novum pro

www.novumverlag.com

Bibliografische Information
der Deutschen Nationalbibliothek:

Die Deutsche Nationalbibliothek
verzeichnet diese Publikation in
der Deutschen Nationalbibliografie.
Detaillierte bibliografische Daten
sind im Internet über
http://www.d-nb.de abrufbar.

Alle Rechte der Verbreitung,
auch durch Film, Funk und Fernsehen,
fotomechanische Wiedergabe,
Tonträger, elektronische Datenträger
und auszugsweisen Nachdruck,
sind vorbehalten.

© 2021 novum Verlag

ISBN 978-3-99107-900-2
Lektorat: Marie Schulz-Jungkenn
Umschlagfoto:
Ildar Imashev | Dreamstime.com
Das Foto des Tattoos stammt von
der Autorin, die Tätowierung von
Wolfgang Egger/Golden Hands
Umschlaggestaltung, Layout & Satz:
novum Verlag
Innenabbildung:
Katharina Kronberger

Gedruckt in der Europäischen Union
auf umweltfreundlichem, chlor- und
säurefrei gebleichtem Papier.

www.novumverlag.com

Inhalt

Vorwort 7
Entscheidung 9
Treue 11
Freundschaft 13
Die Liebe 15
Die Selbstliebe 17
Warum? 21
Mein Leben 23
Kennst du dieses Gefühl? 25
Was ist los? 27
Gefangen 29
Kaputt 31
Genug 33
Aus und vorbei 35
An meinen Sohn 39
I love you too in my heart 41
Freundschaft mit Gefühlen 43
Liebe + Freundschaft =? 45
Verletzt 47
Glücklich oder unglücklich? 51
Verwirrt 53
Ich habe dir vertraut 55
Einfach glücklich 57
Nur für dich! 59
Gefühle 61
Warum nicht immer? 63
Kein einziges Lächeln 65
Wie kannst du nur behaupten? 67
Manuel 69
Kannst du es schaffen? 71
Mut 73
Unglücklich verliebt 75

Was ich dir immer schon sagen wollte 77
Du und ich 81
Warten 83
Happy End? 85
Nachwort 86

Vorwort

Mein Name ist Katharina Kronberger. Ich wurde 1981 im schönen „Ländle" in Vorarlberg geboren.

Was mich dazu bewegte, dieses Buch zu schreiben und auch an dich weiterzugeben, ist einfach.

Ich wurde sehr oft als unnahbar bezeichnet, oder als Person, die ihre Gefühle nicht preisgeben will. Und genau so bin ich auch.

Denn ich habe sehr viele Verletzungen erlebt.

Ich habe sehr viel Gefühl in mir, jedoch aus Angst vor Verletzungen öffnete ich mich nie wirklich. Sobald mir jemand zu nahekommt, bin ich weg.

Ich möchte so viel sagen, konnte es allerdings nie.

Aber das Schreiben fiel mir immer leicht, also habe ich geschrieben.

Während des Schreibens erkannte ich immer mehr, dass es sicher nicht nur mir so geht. Ich bin mir sicher, im einen oder anderen Gedicht erkennst du dich wieder.

Und so kam eines zum anderen. Es entstand dieses Buch.

Ich wünsche mir von Herzen, dass dir dieses Buch dabei helfen wird, mit deinen Gefühlen klarzukommen.

Oder vielleicht glaubst du ja, wie ich trotz alldem immer noch an die wahre Liebe. Denn ich werde immer daran glauben, dass es sie gibt.

All die Verletzungen machen uns zu dem, was wir sind, und eines Tages kommt diese eine Person, die diese Verletzungen sieht und sie heilen wird.

Gibt es kein Dazwischen mehr?

Mein Gedanke:

**Mit diesem Gedicht möchte ich ausdrücken,
wie schwer es geworden ist, in der heutigen Zeit
jemanden kennenzulernen, der ehrlich ist.**

Entscheidung

Ich lerne dich kennen
und muss im selben Atemzug entscheiden,
was ich von dir will.
Ich möchte dich nur kennenlernen,
ohne beim Hallo schon zu entscheiden,
was du für mich bist, ein Freund, Freundschaft Plus,
eine Beziehung.
Hast du keine Zeit, es nur zu genießen und zu schauen,
was sich ergibt?

Oder hast du Angst,
dass dein Rucksack zu schwer für mich ist?
Ich weiß, du bist verletzt worden,
aber ich kann nichts für deine Wunden.
Ich bin nicht der Mensch,
der dich verletzen will oder sogar verändern.

Ich möchte dich kennenlernen, so wie du bist,
mit allen Fehlern und Narben.
Denn auch ich habe viele Fehler und Narben.
Darum frage ich dich, gibt es noch ehrliche Gespräche
ohne Hintergedanken? Oder Entscheidungen?
Kann ich dich nicht nur so kennenlernen?
Ohne zu wissen, was aus uns wird.
Ohne Zwang.
Ich werde immer für dich da sein,
solange du ehrlich zu mir bist.

**Warum erwartet man absolute Treue,
ohne bereit zu sein, Treue zu geben?**

Mein Gedanke:

**Ich kann nicht nachvollziehen, dass man alles haben will,
aber nichts geben.**

Treue

Was ist mit der Menschheit nur passiert?
Du lernst jemanden kennen und du empfindest etwas für diese Person. Jedoch hältst du dir andere Optionen offen.
Warum tust du das?

Du erwartest die absolute Treue, allerdings gilt das nur für andere. Findest du das gerecht?
Warum erwartest du, dass der andere immer für dich da ist, wenn du es nicht bist?
Du willst alles, gibst aber nichts.

Du möchtest den Himmel auf Erden,
du gibst aber nur die Hölle.
Weißt du nicht, dass du andere damit brichst?
Du machst andere kaputt.
Darum bitte ich dich, behandle die Menschen immer so, wie du behandelt werden willst.
Überlege zuerst, bevor du handelst.
Denn, wenn wir alle etwas mehr an das Gegenüber denken, können wir einige Narben im Herzen und einiges Leid verhindern. Mehr wir und weniger ich.

Gibt es Freundschaft für immer?

Mein Gedanke:

Ich möchte damit einem guten Freund danke sagen, aber gleichzeitig auch meine Angst ausdrücken.

Freundschaft

Es gibt Zeiten,
da bin ich traurig,
komm mir verlassen vor
und suche deine stützenden Worte.

Deine Worte sind es,
die mich auffangen.
Habe ich Probleme,
du bist derjenige, der sie zu lösen versucht.
Du bist immer für mich da.

Doch was mache ich,
wenn wir uns aus irgendwelchen Gründen trennen müssen?

Dann bin ich einsam und verlassen,
wie eine Pflanze,
die von allen verlassen wurde.

Ich habe Angst, dich irgendwann zu verlieren.

Gibt es noch die wahre Liebe?

Mein Gedanke:

Der Glaube an die wahre Liebe, obwohl mein Herz sehr viele Verletzungen davongetragen hat.

Die Liebe

Die Liebe kommt immer unerwartet und mit voller Wucht.
Du kannst davonrennen,
doch die Gefühle holen dich immer wieder ein.
Ich liebe die Liebe und auch mein Herz,
doch zu oft hat man mein Herz zerstört.

Ich habe viele Narben der Vergangenheit im Herzen.
Andere standen immer an erster Stelle,
doch in schweren Zeiten war kaum einer für mich da.
Nur wenige fragten mich, wie ich mich fühle.
Doch mein kämpfendes Herz wird mir immer
den rechten Weg zeigen.

Ich werde immer im Herzen behalten,
was mich verzaubert hat, denn ich glaube fest daran,
dass es einen Grund gibt, warum dieser Zauber
mein Herz geweckt hat.

Mein Herz hat Sehnsucht nach einem Ort,
von dem ich nicht einmal weiß, ob er existiert.
Ein Ort, wo mein Herz erfüllt,
meine Seele geliebt und ich als Mensch verstanden werde.

Kann man den Selbstzweifel besiegen,
um die Selbstliebe zu finden?

Mein Gedanke:

Bei diesem Gedicht habe ich gelernt, dass man, ohne sich selbst zu lieben, niemals jemand anderen aufrichtig lieben kann. Denn man kann nicht nachvollziehen, was der andere in einem sieht.

Die Selbstliebe

Ich habe dich mein ganzes Leben lang gesucht.
Wo warst du, als ich dich gebraucht habe?
Ich liebte dich aus tiefstem Herzen,
doch du hast es gebrochen in tausend Stücke,
doch mein Herz hat nie aufgehört, dich trotzdem zu suchen.
Ich ging dank dir durch die Hölle.

Immer und immer wieder dachte ich, ich hätte dich gefunden,
doch festhalten konnte ich dich nicht, trotz allem.
Warum?

Meine Zweifel wuchsen von Mal zu Mal.
Was mache ich falsch?
Bin ich nicht gut genug?
Sind meine Fehler einfach zu groß?

Oder bin ich es einfach nicht wert, geliebt zu werden?
Um mein Herz zu schützen, wurden meine Mauern immer
größer, doch aufgeben wollte mein Herz trotzdem nie.
Es hat gekämpft, um dich zu finden.
Die Suche nach dir hat mich kaputt gemacht.

Ich war am Ende, als du dich leise bei mir gemeldet hast.
Du hast mir leise zugeflüstert, ich bin immer da, ich war
immer an deiner Seite, nur kannst du mich leider nicht sehen.
Ich konnte dich anfangs nicht verstehen, doch mit der Zeit
habe ich gelernt, dich zu hören, du bist in mir drinnen.
Die Selbstliebe, ich habe angefangen, auf dich zu hören.

Ich weiß jetzt, ohne meine Selbstliebe werde ich
nie gut genug sein. Ich habe mein Herz genommen
und zu meiner Liebe gemacht.
Langsam wird es heilen. Und ich liebe mein Herz und
meine Seele. Ich finde sie trotz aller Narben wunderschön.
Ich lerne, mich selbst zu lieben.
Danke, dadurch habe ich dich endlich gefunden.

Warum ist die Sehnsucht so groß?

Mein Gedanke:

**Bei diesem Gedicht verstehe ich nicht,
warum ich so einsam bin.**

Warum?

Ich habe schlaflose Nächte hinter mir.
Mein Kissen ist vollkommen durchnässt.

Wenn ich spazieren gehe
und zwei glückliche Menschen sehe,
beginne ich zu weinen.

Nachts schlendre ich durch die dunklen,
verlassenen Straßen.

Warum nur?
Was habe ich getan, dass ich einsam,
traurig und verlassen bin?

Gibt es jemanden, der mein Leben hält?

Mein Gedanke:

**Damals wollte ich einfach keinen
Sinn in meinem Leben erkennen.**

Mein Leben

Mein Leben steht kurz vor einem steilen Abhang.
Doch warum bleibt es stehen?
Es wäre doch nur ein kleiner Schritt!

Der Abhang ist steil und sehr tief.
Ich kann den Boden nicht sehen.

Mein Leben ist sinnlos.
Ich will es nicht weiterleben.

Doch der letzte Schritt ist zu schwer,
denn jemand hält mein Leben fest.

Gibt es jemanden,
der es wirklich halten kann?

Wer kennt dieses Gefühl nicht?

Mein Gedanke:

Ich war ohne ersichtlichen Grund in einem Gefühlschaos.

Kennst du dieses Gefühl?

Kennst du das Gefühl, du willst so viel sagen,
jedoch fehlen dir die richtigen Worte?
Du bist nur verwirrt,
obwohl nichts Außergewöhnliches passiert ist.

Du würdest am liebsten nur weinen,
ohne einen Grund.
Du bist sauer,
jedoch hat dich niemand ungerecht behandelt,
oder du bist einsam unter vielen Freunden.

Kennst du dieses Gefühl,
wenn du deine Gefühle nicht verstehst?
Kennst du dieses Gefühl,
wenn du nichts mehr verstehst,
obwohl alles doch so klar erscheint?

Du willst geliebt werden,
jedoch niemanden an dich heranlassen?
Dein Herz will Nähe und Zärtlichkeit,
aber es bleibt verschlossen.
Kennst du auch dieses Gefühl?

Was passiert mit dir, wenn du alle Gefühle auf einmal in dir hast?

Mein Gedanke:

Einfach nur vollkommen verwirrt.

Was ist los?

Was ist los mit mir?
Ich bin todmüde, obwohl ich stundenlang hellwach
im Bett liege und keinen Schlaf finde.
Ich bin glücklich und würde doch
am liebsten nur noch weinen.
Ich sehne mich so sehr nach Zärtlichkeit und
Zuneigung, Jedoch kann ich keine zulassen.
Ich wünsche mir jemanden,
mit dem ich über alles sprechen kann,
ich will allerdings nichts von mir preisgeben.
Ich will geliebt werden, doch verschließe ich mich,
sobald mir jemand zu nahekommt.
Wenn ich mit Freunden gemeinsam Zeit verbringe,
kann ich trotzdem die Einsamkeit in mir fühlen.
Kann man glücklich und unglücklich gleichzeitig sein?
Kann man sich nach Beziehung sehnen,
aber allein sein wollen?
Ist es möglich, Tag und Nacht zu lieben?
Warum will ich alles, aber bin genauso glücklich mit nichts?

Ich fühle mich, wie wenn sich Engel und
Teufel in mir duellieren, und keiner gewinnt?
Ich kann andere verstehen, mitfühlen und helfen,
glücklich zu sein. Stehe immer hinter ihnen?
Jedoch für mich selbst habe ich keine Antwort.
Was ist nur los mit mir?

***Ist es möglich, für mich da zu sein,
ohne es besser zu wissen, was gut für mich ist?***

Mein Gedanke:

Ich habe dieses Gedicht geschrieben, weil ich oft das Gefühl habe, dass jeder besser weiß, was gut für mich ist.

Gefangen

Ich bin gefangen in meinem Leben.
Frei zu sein, ist mein einziger Wunsch.
Nur einmal mein Leben so leben zu können,
ohne zu müssen.
Immer wird für mich entschieden, wie ich sein soll.
Was mein bester Weg ist zu gehen.

Jedoch sind es meine Schritte, meine Entscheidungen.
Denn die Konsequenzen muss doch ich tragen.
Darum bitte ich dich von ganzem Herzen,
lass mich meine Fehler selbst machen,
entscheide nicht du, was gut für mich ist.
Ich kann dich nur bitten, da zu sein,
um mich aufzufangen, wenn ich dich darum bitte.
Mich nicht dafür zu verurteilen.
Denn ich bin gut so, wie ich bin. I
ch werde meinen Weg gehen.
Auch mit Umwegen komme ich zum Ziel.
Glaub nur an mich.
Lass mich frei und halte mich nicht gefangen
in meinem eigenen Leben. Es ist MEIN-ALLEIN.

**Kennst du das Gefühl,
wenn dir dein Alltag einfach nur zu viel wird?**

Mein Gedanke:

**Die Sehnsucht nach einem Menschen, der sieht,
wie es in mir aussieht, und mich versteht.**

Kaputt

Ich bin kaputt, meine Seele ist zerbrochen.
Lass mich kurz innehalten und gönn mir eine Pause.
Ich brauche Hilfe, warum kann mich keiner hören?
Versteht niemand meine Gefühle?
Sieht denn niemand, wie es in mir aussieht?
Meine Narben sind einfach zu tief, ich bitte dich,
gib mir die Zeit zu heilen.
Lass mich gehen, um mich zu retten.
Ich will doch nur eine kurze Pause vom Funktionieren,
nein, ich will nicht nur funktionieren,
ich will gehört und verstanden werden.
Ich habe keine Kraft mehr.
Verurteile meine Fehler nicht und verlang bitte nicht
weitere Dinge, die mich zerstören.
Ich bin schon am Boden, ich bitte nur
um eine kleine Pause, um mein Herz zu heilen.
Keine Angst, ich bin stark, ich werde wieder aufstehen.
Jedoch trage ich mittlerweile meine Wunden sichtbar.
Darum bitte ich dich, halte an und lass mich heilen.
Ich verspreche dir, ich werde heilen.
Allerdings nur, wenn du mir die Zeit und
die Chance dazu gibst.
Bitte lass meine Wunden heilen, denn ich habe genug.

Was tust du, wenn du alles gibst, aber nichts bekommst?

Mein Gedanke:

**Bei diesem Gedicht war mir alles nur zu viel.
Ich hasste meine Gefühle.**

Genug

Ich bin es leid, immer nur zu funktionieren.
Ich habe immer alle Regeln befolgt, habe es immer allen
recht gemacht. Dadurch habe ich mich völlig vergessen.
Ich habe nie um Hilfe gebeten und
mich immer um alles gekümmert.
Ich habe meine Gefühle und Narben immer versteckt.
Geduldig immer alles akzeptiert und verstanden.
Der Glaube daran, dass alles gut wird,
hat mich immer wieder aufgerichtet.
Ich war immer der Überzeugung, dass alles seinen Grund hat.
Doch ich habe es satt.
Wo ist mein Happy End?
Wo bleibe ich?
Als ich einmal um Hilfe gebeten habe,
war niemand zuständig,
trotzdem blieb ich nicht liegen, ich habe weitergekämpft.
Jedoch damit nicht genug.
Ich drehe mich trotzdem nur im Kreis.
Der ganze Mist endet nicht.
Am liebsten würde ich meine Koffer packen und
verschwinden.
Warum kann man nicht einfach verloren gehen?
Warum kann ich nicht einfach alles vergessen?
Ich fühle nur noch unendlichen Schmerz in meinem Herzen?
Warum kann ich nicht endlich mein Herz ausschalten und
einfach nur noch gefühlskalt werden?
Die Welt ist kalt und gemein zu mir, das Schicksal
ist unerbittlich, jedoch mein Herz trotzt allem.
Warum nur hat es nicht genug?
Ich wünschte, ich könnte einfach meine gute Seite
ausschalten und meine Gefühle in eine Kiste schließen.
Denn jetzt bin ich an der Reihe, um glücklich zu werden.

Ist der Glaube an die Liebe genug?

Mein Gedanke:

Ich möchte mich gerne für die Liebe öffnen, allerdings sind meine Narben zu groß und meine Angst vor Verletzungen zu groß.

Aus und vorbei

Ich habe gelebt, geliebt und gelitten.
Ich glaube fest an die Liebe,
jedoch sobald ich nur einen Blick über meine Mauer
des Herzens wage, steht schon wieder jemand da,
der mich verletzt und verarscht.
Ich weiß, ich habe sehr große Probleme,
um mich jemandem zu öffnen.
Jedes Mal, wenn ich mich einen Schritt
nach vorne wage, werde ich wieder enttäuscht.
Warum ist das Gegenüber so verletzend?
Auch er hat Narben und Verletzungen davongetragen.

Ist das nicht Grund genug, um mir nicht noch
mehr Narben und Verletzungen zuzufügen?
Weiß er nicht, dass mit jedem Schmerz
und mit jeder Enttäuschung meine Mauer
nur noch höher und dicker wird?
Sollte ich mich bemühen und den ersten Versuch wagen?
Wie viele Narben hält mein Herz noch aus,
bis es sich nicht mehr heilen lässt?

Wie ist es möglich, an die Liebe zu glauben,
wenn nur noch ein Herz aus Narben da ist?
Ich glaube, ich werde die Liebe lassen,
wo sie ist, und mich ihr gegenüber verschließen.
Ich habe meine Mauer zu einer Festung gemacht.
Ich lasse niemanden mehr durch,
denn jeder, der doch noch einen Schlüssel hat,
kommt und bringt ein Messer mit.
Bei Jedem, dem ich Vertrauen schenkte,
habe ich es schlussendlich bereut.
Es ist aus und vorbei, denn ich habe genug gelitten.

Ich will nicht mehr, mein Herz hat keinen Platz
mehr für noch einen Stich.
Ich habe keine Kraft mehr zu heilen,
Vertrauen zu schenken oder zu glauben, du bist anders.
Ich habe verloren und bin es leid zu kämpfen.
Ich lass dich los, meine Liebe, lebe wohl.

Wie finden sich die Seelen?

Mein Gedanke:

***Ich war schwanger und hatte das Gefühl,
meinem Sohn diese Zeilen zu schreiben.***

An meinen Sohn

Es war einmal ein kleiner Junge namens Elias.
Der dachte sich eines schönen Tages:
Ich möchte in eine Familie geboren werden, die mich liebt,
mir Wärme und vor allem ein gutes Zuhause gibt.

Leider war es nicht so einfach, wie er es sich erhofft hatte.
Die perfekte Familie zu finden,
benötigte sehr viel Geduld und er musste lange suchen.

Immer und immer wieder wurde er
auf seiner Suche enttäuscht.
Die Monate verstrichen und der Weg
wurde immer mühevoller.
Doch schließlich sollte sich das lange Suchen lohnen.

Alles war perfekt.
Ganz viele Leute, die ihn über alles lieben würden,
und immer für ihn da sind.
Auch diese Familie würde ihn brauchen.

So lebten sie fortan glücklich und zufrieden.
Und wenn sie nicht gestorben sind,
dann leben sie noch heute.

Wie groß ist die Mutterliebe?

Mein Gedanke:

Ich wollte meinem Sohn meine grenzenlose Liebe schreiben und ihm sagen, dass ich immer für ihn da bin.

I love you too in my heart

Als ich dich zum ersten Mal sah,
war es schon um mich geschehen.
Ich habe dich von der ersten Sekunde an geliebt.
Du hast mein Leben um so vieles bunter gemacht,
du hast mir gezeigt, was unendliche Liebe bedeutet.
Es waren so viele wunderschöne Momente,
dafür danke ich dir von ganzem Herzen.
Natürlich waren auch Sorgen und Ängste dabei,
die du mir bereitet hast. Genauso schlaflose Nächte.
Aber auch schwere Zeiten haben wir gemeinsam
immer gut gemeistert. Wir waren immer ein Superteam.
Gemeinsam durch dick und dünn.
Einfach ein unschlagbares Duo.
Ich danke dir für die ganzen Jahre.
Ich möchte dich keinen Tag in meinem Leben missen.
Auch wenn die Zeiten schwer sind oder du ratlos bist,
sei dir sicher, ich werde immer hinter dir stehen und
für dich da sein.

Ich werde alles in meiner Macht Stehende tun,
um dich glücklich zu machen.
Ich möchte dir auch sagen, ich bin unendlich stolz
auf dich und werde dich so lange lieben,
solange mein Herz schlägt.
Du bist ein wundervoller junger Mann.

*Was passiert, wenn Freunde beschließen,
eine Beziehung einzugehen?*

Mein Gedanke:

**Mit diesem Gedicht habe ich die Beendigung
der Freundschaft zu meinem Freund verarbeitet.**

Freundschaft mit Gefühlen

Es war die beste Freundschaft, die ich mit dir hatte.
Acht Jahre waren wir ein unschlagbares Team.
Du warst immer für mich da.
Du gingst mit mir durch dick und dünn.

Es war wunderbar.
Ich möchte sogar meinen, die schönste Zeit in meinem Leben.
Die Freundschaft wurde oft auf die harte Probe gestellt.
Wir schafften es trotz all dem, sie zu halten.
Egal, was auch immer diese Probe war.
Wir dachten, es wäre für immer.

Doch der Tag sollte kommen wo eine neue Probe
auf uns wartete. Die Liebe.
Eines Tages war uns die Freundschaft nicht mehr genug,
wir wollten mehr. Eine Beziehung.
Wir dachten lange hin und her,
doch schließlich versuchten wir, eine Beziehung zu beginnen.

Das Ende der Freundschaft war gekommen.
Der Kuss des Todes war da.
Mit meinem nicht Erwidern des Kusses
habe ich alles zerstört.
Die Freundschaft und deine Liebe zu mir.

Es ist vorbei.
Unsere unterschiedlichen Gefühle zueinander
haben unsere Freundschaft zerstört.

***Kennst du das Gefühl, wenn du jemanden liebst,
der dich allerdings nur als Freund betrachtet?***

Mein Gedanke:

Die erste große Liebe, damals leider nur einseitig.

Liebe + Freundschaft = ?

Wenn ich dich sehe,
schlägt mein Herz nur für dich,
doch du flirtest nur mit mir
und lässt mich dann stehen.

Wenn ich dich höre,
vergesse ich meine Worte,
und meine Stimme beginnt zu zittern.
Doch du überhörst mich.

Ich würde dir
meine Liebe gerne beweisen,
aber ich habe Angst,
dass du mich gar nicht ernst nimmst.

In meinen Träumen bist du immer bei mir,
du gehst mit mir durch dick und dünn,
liebst mich, beschützt mich
und du hilfst mir immer.

Wird dies je Wirklichkeit?

Wie fühlst du dich, wenn du alles für die Beziehung gibst, aber es nie reicht?

Mein Gedanke:

Ich war verzweifelt, denn ich habe immer alles gegeben, jedoch war es leider nie genug.

Verletzt

Zutiefst verletzt, sitze ich da und
schreib meine Gefühle nieder.
Ich liebe dich, aber ist das genug?
Wenn ich mit dir reden will, bist du abwesend.
Ich habe das Gefühl, dass es dich gar nicht interessiert.

Deine Gedanken sind überall, aber nicht mehr bei mir.
Ich fühle mich nicht mehr begehrt von dir,
nur noch unbeachtet und alleingelassen.
Selbst wenn wir allein sind,
ist alles andere wichtiger für dich.

Ist es so schwer für dich, mir etwas Zeit zu schenken?
Was habe ich dir getan, dass du dich von mir entfernst?
Bin ich deiner Meinung nach nicht gut genug für dich?
Oder ist es, weil ich nicht die Traummaße einer Frau habe?
Ich bin verzweifelt.

Meine Gefühle liegen am Boden und
du lässt sie einfach liegen.
Meine Tränen sind verloren gegangen,
aber die Trauer ist immer noch in mir.
Ich habe einen Kampf in mir drin und
kann ihn nicht allein gewinnen.
Ich bin verwirrt.

Ich hatte Träume von einer Familie mit einem Haus,
vom Heiraten und Kinderkriegen, doch sie verblassen.
Wann haben wir es verlernt, über alles zu sprechen?
Sind deine Träume nicht mehr dieselben wie meine?
Ich kann nicht verstehen, warum?
Ich fühle, dass etwas zwischen uns steht, aber was es ist,
kann ich leider nicht finden.
Kannst du mir sagen, was es ist?
Sonst werde ich noch wahnsinnig.
Ich bitte dich, hilf mir aus diesem Loch.
Bring mir bitte Klarheit.

Ist es möglich, sich zu lieben,
aber ist es für eine Beziehung zu wenig?

Mein Gedanke:

Wir waren sehr verliebt, allerdings fehlte etwas.

Glücklich oder unglücklich?

Manchmal im siebten Himmel und manchmal in der Hölle
zu schweben, das ist das Gefühl, das du mir gibst.

Unverhofft großes Glück wäre es für mich, dich zu sehen,
mit dir Spaziergänge zu machen, auf dem Sofa zu kuscheln,
den Sternenhimmel zu betrachten
und vieles mehr mit dir erleben zu können.

Alles ist so kompliziert und schwer.
Warum kann ich dich nicht einfach in den Arm nehmen,
dich küssen und glücklich sein?

Klopfendes Herz übertönt meine zitternde Stimme,
wenn ich mit dir reden darf.
Doch warum bleibt es nur bei leeren Worten?
Warum kann ich dich nicht einfach in den Arm nehmen,
dich küssen und glücklich sein?

Reden über eine gemeinsame Zukunft.
Habe ich schon jede Menge gehört,
doch warum bleibt es nur bei leeren Worten?
Warum kann ich dich nicht einfach in den Arm nehmen,
dich küssen und glücklich sein?

Sollen unsere Seelen sich wirklich vereinen?
Oder ist es besser, etwas zu beenden,
bevor es überhaupt begonnen hat?
Nur aus Angst, wieder verletzt zu werden.
Ich weiß es nicht, doch ich wünschte mir,
ich könnte dich einfach in den Arm nehmen,
dich küssen und einfach glücklich sein?

Woher weißt du, was du für jemanden empfindest?

Mein Gedanke:

**Ich war einfach verwirrt über dein Verhalten
mir gegenüber.**

Verwirrt

Ich genieße deine Zärtlichkeit, deine Nähe, deine Küsse ...
und die gemeinsamen Stunden.
Nur du und ich ohne den Alltagsstress.
Eingetaucht in eine wunderschöne Blase.
Am liebsten würde ich uns darin einschließen und
die Zeit einfach anhalten.
Jedoch sobald ich dich wieder verlassen muss,
stürzt unsere Blase in sich zusammen wie ein Kartenhaus.
Wenn ich nicht bei dir bin, weiß ich nicht,
wie ich mich dir gegenüber verhalten soll.
Wie sollte ich auch, denn ich weiß ja nicht,
was ich dir gegenüber empfinde.
Welche Gefühle habe ich für dich?
Ich weiß es nicht, denn ich bin einfach nur verwirrt.
Wünsche ich mir eine Beziehung zu dir oder
einfach nur Freundschaft?
Soll ich mich melden oder einfach nur warten,
bis du dich meldest?
Verletze ich dich unbewusst, wenn von mir nichts kommt,
oder bin ich zu aufdringlich, wenn ich mich bei dir melde?
Wie können Gefühle so kompliziert sein?
Ich weiß ja, die Narben der Vergangenheit haben
uns so geprägt, dass es nicht möglich ist,
die Verletzungen zu vergessen.
Das Wissen darüber, nicht verantwortlich für die Narben
des anderen zu sein, reicht trotzdem nicht.
Denn sie sind da und verfolgen uns beide.
Darum liege ich stundenlang wach und
bin einfach nur verwirrt. Geht es dir genauso,
oder bin nur ich so verwirrt?

Warum hältst du an der Liebe fest, obwohl du weißt, dass es keinen Sinn macht?

Mein Gedanke:

Dieses Gedicht habe ich für einen Mann geschrieben, der mich sehr angezogen hat, allerdings auch immer auf Abstand gehalten hat.

Ich habe dir vertraut

Ich habe dir vertraut und daran geglaubt, es könnte
funktionieren, jedoch deine Worte waren wieder nur Gift.
Ich habe mich bemüht, mich dir gegenüber zu öffnen,
doch du hast dich nur verschlossen.
Ich habe versucht, von mir aus an uns zu arbeiten,
aber dir war es egal.
Du sprichst von Beziehung, machst jedoch keine Anstalten,
etwas zu geben. Was willst du von mir?
Bist du gerne so verletzend oder merkst du nicht,
dass du mich kaputt machst?
Bin ich nur ein Spielzug für dich, das du haben kannst,
wann du willst?
Warum sprichst du von Gefühlen, wenn du keine zeigst?
Warum ziehst du mich immer wieder an?
Kannst du mich nicht nur gehen lassen?
Ich habe dir nie absichtlich wehgetan,
geschweige denn verletzt.
Ich bin ein guter Mensch mit einem großen Herzen.
Warum willst du es mit aller Gewalt kaputt machen?
Wenn du nichts mit mir zu tun haben willst, gut,
aber dann lass mich bitte gehen. Ich bin kein Spiel.
Ich gehe daran kaputt, darum bitte ich dich, tu mir nicht weh.

Kannst du nur glücklich sein?

Mein Gedanke:

Da wollte ich nur dir meine Gefühle schreiben.

Einfach glücklich

Ich bin einfach glücklich,
denn wenn ich am Morgen aufwache,
bist du mein erster Gedanke.

Du allein kannst mich glücklich machen,
so glücklich wie ein Kind,
dem gerade der größte Wunsch in Erfüllung gegangen ist.

Alles dreht sich nur um dich.
Der Rest ist von keiner Bedeutung. Zumindest für mich,
denn ich liebe dich über alles.

Niemand kann dich so lieben, wie ich dich liebe,
denn ich liebe dich über alles.

Ich sehe dir in die Augen, lächle dich an
und bin einfach glücklich.

Spürst du sie auch, die Schmetterlinge im Bauch?

Mein Gedanke:

Das beschreibt am besten mein Verliebt-Sein in Worten.

Nur für dich!

Rasendes Herzklopfen,
jedes Mal,
wenn ich dich sehe.

Am Morgen,
wenn ich aufwache,
bist du mein erster Gedanke.

Alles dreht sich nur um dich.
Es gibt nur einen Gedanken,
der bist du.

Es gibt nur einen,
der mich so glücklich macht,
als ob mir ein neues Leben geschenkt wird,
das bist du.

Für dich würde ich alles tun,
sogar mein Leben würde ich dir geben.

Für dich gibt es keine noch so schönen Worte,
du bist besser als alles andere auf der Welt.

Liebe mich,
und lass mich nie wieder los.

Warum ist es so schwer, zu zeigen, was man fühlt?

Mein Gedanke:

Damit beschreibe ich, wie schwer es ist, sich zu öffnen, wenn die Angst vor neuen Verletzungen so groß ist.

Gefühle

Ich möchte dir gerne zeigen,
wie sehr ich dich liebe,
doch ich fürchte,
dass ich die große,
schwarze Mauer nicht überspringen kann.

Ich möchte nur für kurze Zeit deinen Duft riechen,
deine Wärme spüren,
deine Lippen berühren,
dann wäre ich der glücklichste Mensch auf Erden.

Nur du kannst mein Glück steuern.
Ich bin von dir abhängig,
so sehr,
dass ich keinen klaren Gedanken fassen kann,
in dem du nicht enthalten bist.

Leite meine Liebe und öffne die Mauer,
die uns trennt,
denn keiner kann meine Liebe zu dir zerstören.

Sie ist so stark,
dass sie sich immer von Neuem vermehrt,
wenn sie zerstört werden will.

**Wie ist es möglich, trotz Beziehung
Liebeskummer zu haben?**

Mein Gedanke:

**Neben jemandem zu sitzen,
der dir so nah ist und doch so fern.**

Warum nicht immer?

Pausenlos an dich denken,
dich vermissen, deine Wärme,
deine Liebe nicht spüren zu können,
macht mich wahnsinnig.

Tausend Tränen laufen über meine Wangen,
denn du gibst mir nicht das, was ich brauche, dich.
Ich sitze allein da
und warte auf dich,
denn ich will dich.
Ich brauche dich.

Ein paar Stunden mit dir verbringen zu können,
mit dir glücklich zu sein,
ist momentan alles, was ich will.

Einsam und verlassen von dir,
obwohl du doch bei mir sein willst
und für mich da sein.
WO?
WANN?
WARUM NICHT IMMER?
WARUM NICHT JETZT?

Regen, Sonne, Eis, Schnee,
alles ist mir egal,
wenn ich nur mit dir glücklich sein kann.

Warum hast du mein Herz gebrochen?

Mein Gedanke:

**Alles, was ich mir gewünscht hätte,
wäre Ehrlichkeit gewesen.**

Kein einziges Lächeln

Kein einziges Lächeln von dir.
Du gehst an mir vorbei,
als ob ich nicht existiere.
Warum nur?

Vor kurzer Zeit war ich noch alles für dich.
Ich war das Einzige, was für dich gezählt hat.
Du sagtest, du liebst mich über alles
und ich bin das Wichtigste in deinem Leben.
Was ist mit uns passiert?

Ich sitze am Fenster und starre ins Leere.
Du fehlst mir so.
Ich liebe dich noch immer.

Ich rief dich an, um es dir zu sagen,
doch es antwortete eine Mädchen-Stimme.
Warum nur?

Warum hast du mich so belogen?
Warum hast du mich so sehr verletzt?
Warum habe ich dir nur geglaubt?

Deine Worte klangen so ehrlich.
Warum hast du meine Gefühle so verletzt?
Warum hast du mein Herz gebrochen?

Wie kannst du nur behaupten?

Mein Gedanke:

**Damit möchte ich beschreiben,
dass Worte und Taten nicht immer dasselbe sind.**

Wie kannst du nur behaupten?

Wie kannst du behaupten, dass du den Regen liebst?
Denn sobald es regnet, verkriechst du dich im Haus.
Wie kannst du behaupten, dass du die Sonne liebst?
Jedoch sobald sie für dich scheint, flüchtest du vor ihr.
Wie kannst du behaupten, dass du den Wind liebst?
Doch sobald er weht, schließt du alle Fenster.
Wie kannst du behaupten, du liebst den Schnee?
Jedoch sobald es schneit, setzt du keinen Fuß mehr vor die Tür, weil es draußen zu kalt ist.
Dadurch stelle ich mir nur die Frage:
Wenn du behauptest, du liebst mich,
liebst du dann mich oder
ist es vielleicht sie, die du liebst?

Ist es wahre Liebe?

Mein Gedanke:

Ich habe noch nie so empfunden wie bei dir.

Manuel

Manchmal wünsche ich mir einfach, vor dir zu stehen,
ohne dass mir die Worte meiner Gefühle
im Mund stecken bleiben. Einfach den Mut aufzubringen,
dir all meine Gefühle zu sagen.

Alles an dir zieht mich zu dir, sogar die Hoffnungslosigkeit.
Dass es irgendwann ein Uns geben könnte,
hält meine Verbindung zu dir nicht auf.

Niemals habe ich so empfunden, wie ich bei dir empfinde.
Ich würde sogar mein Leben geben, um deines zu retten.

Und doch sind wir nur du und ich und nicht wir.
Ist es möglich, dass nur ich so empfinde?
Kann man sich so täuschen,
dass uns das Schicksal so oft vereint hat?

Einmal in deinen Armen liegen und dich nie mehr loslassen,
das wäre mein größter Wunsch.

Liebe bedeutet für mich: du und ich für immer.
Mit dir einzuschlafen und gemeinsam aufzuwachen.

Den Sonnenaufgang und den Sonnenuntergang
gemeinsam Arm in Arm zu genießen.
Einfach vollkommenes Glück mit dir teilen zu dürfen.
Alle Hürden, die uns das Leben bringt,
gemeinsam zu bewältigen.
Ein Happy End wie im Film.

Hast du den Mut, es ihm zu sagen?

Mein Gedanke:

***Ich wünschte, ich hätte den Mut, dir zu sagen,
was ich fühle.***

Kannst du es schaffen?

Ich bin ein Mensch mit sehr viel Gefühl,
jedoch kann ich es dir nicht zeigen.
Aus Angst, wieder verletzt zu werden,
verschließe ich mich, bevor du die Chance hast,
mein Herz zu sehen.
Ich bin stark und unabhängig in meinem Alltag.
Ich kann alles schaffen. Nichts ist unmöglich für mich,
außer meine Gefühle in Worte zu fassen.
Ich würde alles für dich tun.
Außer dir meine Gefühle zu sagen.
Ich habe so viele Worte in mir,
aber sie finden leider nicht den Weg zu dir.
Kannst du mich lieben, auch wenn ich dir
meine Liebe nicht sagen kann?
Hast du die Geduld, auf meine Worte zu warten?
Ist es möglich, dass du der Erste bist,
der mir diese Worte entlocken kann?
Kannst du bleiben, weil du mein Herz siehst,
auch ohne Worte?
Ist es möglich, dass du bleibst,
wenn ich dir meine Schwächen zeige,
meine verletzliche Seite,
oder einfach mal nur eine helfende Hand?

Wer ist dein Herzöffner?

Mein Gedanke:

Dieses Gedicht ist für einen besonderen Menschen, der immer einen Platz in meinem Herzen haben wird.

Mut

Einmal möchte ich den Mut haben,
dir meine Gefühle zu zeigen.
Dir sagen zu können, wie ich empfinde.
Ich würde dir so gerne meine Liebe gestehen
von Angesicht zu Angesicht.
Bei dir kann ich sein, wer ich bin,
mit meinen Narben und meiner Vergangenheit.
Du siehst mich, wie ich bin, mein gutes Herz.
Ich wünschte, ich hätte den Mut und die Chance,
dir zu zeigen, dass ich dich will, so wie du bist.
Denn ich habe dein Herz gesehen, deine Seele.
Ich durfte erfahren, wer du wirklich bist.
In dieses Herz und deine Seele habe ich mich verliebt.
Ich habe immer nach der wahren Liebe gesucht.
Jedoch, sie auch mal zu finden,
hat mir große Angst gemacht.
Was, wenn ich mich täusche?
Habe ich mich nur verrannt?
Ich wünsche mir nichts sehnlicher,
als eines Tages den Mut aufzubringen und
dir alles zu offenbaren, was mich bewegt.
Den Mut, zuzulassen, dass es jemanden gibt,
der mich wirklich sieht.
Den Mut für die echte Liebe mit dir zuzulassen.
Und ich hoffe, auch du wirst eines Tages erkennen,
dass ich dein wahres Ich will,
so wie ich mir den Mut für uns beide wünsche.

Warum ist es so schwer, loszulassen?

Mein Gedanke:

„Warum?" war eine der meist gestellten ersten Fragen, die mich dazu brachte, diese Zeilen zu schreiben.

Unglücklich verliebt

Warum liebe ich dich, obwohl du mich nicht wahrnimmst?
Warum durfte ich dich kennenlernen, aber nicht behalten?
Warum habe nur ich ein Band gesehen zwischen uns?
Was muss ich aus dem Gefühl,
unglücklich verliebt zu sein, lernen?
Warum lässt mich der Gedanke an dich nicht los?
Was will das Schicksal damit erreichen?

Ich weiß, ich habe ein großes Herz und viel Liebe in mir.
Ich bin es wert, geliebt zu werden,
mit meinen Stärken und Schwächen.
Ich weiß, ich bin gut so, wie ich bin.

Also warum hat mein Herz dann dich gewählt?
Du bist unerreichbar für mich.
Du bist glücklich ohne mich.

Warum halte ich trotzdem noch an dir fest?
Warum kann mein Herz nicht frei sein von dir?
Warum kann ich nicht ohne dich mein Glück finden?
Nun sitze ich hier und alles, was mir bleibt, ist ein Warum?

*Kennst du das Gefühl, nicht sagen zu können,
was du sagen willst?*

Mein Gedanke:

Da ich nicht den Mut hatte, dieser Person zu sagen, was ich empfinde, musste ich es einfach zu Papier bringen.

Was ich dir immer schon sagen wollte

Wir hatten eine Verbindung,
die ich noch nie zuvor gespürt habe.
Du bist mein Herzensmensch.
Mein Prinz in schillernder Rüstung.
Du und ich sind eins.
Und doch sind wir nicht vereint.
Kann sich mein Herz so täuschen,
obwohl ich dieses Gefühl noch nie zuvor erlebt habe?
Ich habe mein Herz schon oft verschenkt,
aber ich hatte noch nie so ein Gefühl wie bei dir.
Das Schicksal hat es oft gut mit uns gemeint und
viele Gelegenheiten geschenkt.
Warum war es nicht genug?
Ich weiß, ich habe mich immer nur als Freundin
verhalten und vielleicht dich dadurch auch verletzt.
Jedoch meine Narben und die Angst davor,
dass meine Gefühle nur einseitig sind,
haben mich daran gehindert, dir zu zeigen, was ich fühle.
Geht es dir genauso?
Ich wünsche mir nichts sehnlicher,
als vor dir zu stehen und dir alles sagen zu können.
Mein Inneres dir zu offenbaren.
Warum schaffe ich es nur nicht?
Ich dachte immer, die Zurückweisung deinerseits wäre
das Schlimmste für mich.
Diese Verletzung ist etwas, das ich nicht ertragen kann.
Nun sitze ich aber hier und leide.

Ich denke nur an dich ich, träume Nacht für Nacht
davon, wie es sein könnte.
Meine Seele schreit nach dir und mein Herz bittet darum,
es dir endlich zu sagen. Jedoch mein Verstand schreit,
es ist zu spät, denn er ist vergeben.
Du hast nicht das Recht, diese Beziehung zu zerstören.
Darum habe ich dir einen Brief geschrieben, weil ich hoffte,
ich könne damit abschließen. Ich habe so sehr versucht,
meine Gefühle zu unterdrücken.
Ich habe gefleht und gehofft, dass sie vergehen.
Doch du hast dich in meinem Herzen festgesetzt und
ich kann dich nicht daraus verbannen.
Ich weiß nicht, ob dieses Verlangen nach
dir sich je ändern wird.
Somit muss ich es akzeptieren, dass du immer
einen Teil meines Herzens besitzen wirst.
Darum bitte ich dich, behandle es gut,
egal was das Schicksal für uns bereithält.

Was tust du, wenn die Sehnsucht zu groß wird?

Mein Gedanke:

Die Sehnsucht nach einem UNS frisst mich auf.

Du und ich

Nächtliche Träume von dir und mir lassen
mich an uns glauben.
Du begleitest mich seit dem ersten Tag
in meinen Gedanken.
Gedanklich sind wir ein Traum.
Jedoch sobald ich aufwache,
ist dass Du und Ich in weiter Ferne.
Aus dem Du und Ich bleibt nur ein Ich.
Mir laufen Tränen über die Wangen,
denn es bleibt nur die Sehnsucht nach uns.
Wenn ich durch die verlassenen Straßen laufe,
denke ich über meinen Traum nach. Ich stelle mir vor,
dass du und ich eine Zukunft haben können.
Als ich mich auf die Bank setzte,
stellte ich mir vor, dass du neben mir sitzt.

Wir betrachten den Sonnenuntergang und
sind einfach nur glücklich.
Kein sehnlicherer Wunsch durchdringt mich,
als endlich ein Du und Ich Hand in Hand
dem Sonnenuntergang entgegen.
Ein Wir ist alles, was ich mir von Herzen wünsche.

Wie lange hast du die Kraft, zu warten?

Mein Gedanke:

**Der Wunsch nach dir macht mir
das Warten auf dich erträglicher.**

Warten ...

Seit ich dich kenne, warte ich auf ein Zeichen.
Normalerweise bin ich ein Mensch, der fest daran glaubt,
dass alles zur richtigen Zeit kommt.
Jedoch bei dir ist alles anders.

Du weckst Gefühle in mir, die ich nicht kenne.
Ungeduldig hoffe ich auf eine Reaktion von dir.
Auch die Eifersucht hast du in mir geweckt.
Ich bin eifersüchtig auf sie,
weil sie bei dir sein darf und ich nicht.
Was hat sie, was ich nicht habe?
Ich glaube fest daran, dass du und
ich füreinander bestimmt sind.
Allerdings weiß ich auch,
dass ich noch nicht bereit bin für uns.
Warum sehne ich mich so nach einem Uns,
obwohl ich noch nicht damit umgehen kann?
Fühlst du auch so?
Kannst du uns auch spüren?
Das Warten darauf macht mich fertig.
Ein Du und Ich gegen den Rest der Welt.
So begleitet mich das Warten die ganze Zeit.
Mein Traum wäre, dass das Warten ein Ende hat,
dass aus einem Du und Sie ein Du und Ich wird.

Gibt es ein Happy End?

Mein Gedanke:

Happy End ???

Happy End?

Man sagt, die Auster ist schwer zu knacken,
doch, wenn man sich die Zeit nimmt, ist sie wunderschön,
im Inneren oft sogar mit einer Perle.
Ich bin genauso.
Nur schwer zu knacken,
aber ich habe eine wundervolle Seele.
Du hast dir die Zeit genommen, um meine Seele zu erreichen.
Du hast in mein Inneres gesehen.
Sogar meine Perle entdeckt.
Du siehst meine Narben und verstehst sie.
Du hast mich nie dafür verurteilt.
Sondern versucht, zu heilen.
Auch ich habe deine Narben gesehen und verstanden.
Wir waren auf einer gemeinsamen Ebene.
Allerdings haben unsere Narben
und Verletzungen unsere Seelen getrennt,
anstatt sie zu vereinen.
Wir waren immer ehrlich,
nur nicht gegenüber unseren Gefühlen.
Wir haben unsere Verletzungen sprechen lassen
anstatt unsere Herzen.
Ich habe nie meine Gefühle dir gegenüber erwähnt.
Ich habe dich zurückgewiesen, jedoch hast du dasselbe getan.
Obwohl uns das Schicksal so oft nachgeholfen hat,
waren unsere Seelen zu kaputt.
War es einfach die falsche Zeit oder
hat sich das Schicksal einfach zu wenig Mühe gegeben?
Sollte es nicht sein?
Werden wir einen Weg finden, unsere Seelen zu vereinen,
oder waren unsere Narben einfach zu groß?
Gibt es ein Happy End für uns?

Nachwort

Herzlichen Dank an dich, liebe Leserin oder lieber Leser.
Schön, dass du dir die Zeit genommen hast,
mein Buch zu lesen.
Ich hoffe, die Gedichte haben dich angesprochen und
ich konnte dir beim „Fühlen" etwas helfen.

Ganz herzlich bedanken möchte ich mich auch
bei meinem Vater.
Ohne ihn wäre dieses Buch nicht entstanden,
denn er hat für dieses Gedichts-Buch viel Zeit
aufgewendet und mich unterstützt.

Ebenso möchte ich mich bei allen bedanken,
die an mich geglaubt haben.

Ein besonderer Dank geht an meinen Sohn,
der immer an mich glaubt.

Zum Schluss gilt mein Dank noch einem lieben Freund,
der mich dazu gebracht hat, mich zu öffnen und zu schreiben.

DANKE

Die Autorin

Die Autorin Katharina Kronberger, geboren 1981 in Hohenems, weist nach ihrem Besuch der Grundschule, vier Jahren Ausbildung am Institut St. Josef und vier Jahren an der Hotelfachschule Schlosshofen eine abgeschlossene Lehre als Köchin/Restaurantfachfrau auf. Seit zehn Jahren ist sie im Einzelhandel tätig. Ihre Lieblingsaktivitäten sind Ausflüge in der Natur, Lesen und Schreiben, wobei das Verfassen von Gedichten im Vordergrund steht, da es ihr leichter fällt, ihre Gefühle schriftlich auszudrücken. Das Buch „Herzgeflüster" ist ihr erstes Werk. Die Autorin ist ledig und hat einen Sohn.

novum VERLAG FÜR NEUAUTOREN

Der Verlag

> *Wer aufhört*
> *besser zu werden,*
> *hat aufgehört*
> *gut zu sein!*

Basierend auf diesem Motto ist es dem novum Verlag ein Anliegen neue Manuskripte aufzuspüren, zu veröffentlichen und deren Autoren langfristig zu fördern. Mittlerweile gilt der 1997 gegründete und mehrfach prämierte Verlag als Spezialist für Neuautoren in Deutschland, Österreich und der Schweiz.

Für jedes neue Manuskript wird innerhalb weniger Wochen eine kostenfreie, unverbindliche Lektorats-Prüfung erstellt.

Weitere Informationen zum Verlag und seinen Büchern finden Sie im Internet unter:

www.novumverlag.com